Otto Müller

Bericht über die Heilanstalt für Nervenkranke bei Blankenburg am Harz

Antigonos

Otto Müller

Bericht über die Heilanstalt für Nervenkranke bei Blankenburg am Harz

Unveränderter Nachdruck der Originalausgabe von 1869.

1. Auflage 2024 | ISBN: 978-3-38612-926-8

Antigonos Verlag ist ein Imprint der Outlook Verlagsgesellschaft mbH.

Verlag: Outlook Verlag GmbH, Zeilweg 44, 60439 Frankfurt, Deutschland, info@outlook-verlag.de
Vertretungsberechtigt: E. Roepke, Zeilweg 44, 60439 Frankfurt, Deutschland
Druck: Libri Plureos GmbH, Friedensallee 273, 22763 Hamburg, Deutschland

über

e Heilanstalt für Nervenkranke

bei

Blankenburg am Harz.

Von

Dr. Otto Müller,

dirigirendem Arzte.

Braunschweig,

Druck und Papier von Friedrich Vieweg und Sohn.

1869.

Seit dem Erscheinen des ersten Berichtes über die Tendenz und Einrichtung des Asyls für Nervenkranke zu Blankenburg am Harz ist ein fast zweijähriger Zeitraum verflossen, über welchen den Herren Collegen einen Ueberblick zu gewähren Zweck nachfolgender Mittheilungen ist.

Getreu den ursprünglich aufgestellten Grundsätzen hat es die Anstalt als ihre Aufgabe angesehen, chronischen Nervenkranken und Gemüthsleidenden ein freundliches und ansprechendes Asyl zum Gebrauche einer Cur zu bieten, und durch den Ausschluss aller schwereren Formen psychischer Störung sich den Charakter einer offenen Curanstalt zu bewahren gesucht.

Der Aufschwung, welchen die Frequenz während des obigen Zeitraumes genommen, beweist am besten die Dringlichkeit des Bedürfnisses für die Erweiterung des Wirkungskreises der Psychiatrie, als Specialwissenschaft für die Behandlung psychisch-nervöser Krankheitszustände. Es erfüllt dieselbe ihre Aufgabe nur halb, so lange sie durch die jetzige Form ihrer Heilanstalten die rationelle Behandlung der Anfangsstadien der Erkrankung ausschliesst, den Schwerpunkt ihrer Thätigkeit in die Behandlung meist abgelaufener Formen legt und sich nur auf diese beschränkt.

Man kann es von einem Kranken, welcher an melancholischer oder hypochondrischer Verstimmung, von einer Patientin, welche an Präcordialangst, hysterischen Krämpfen, allgemeiner nervöser und psychischer Schwäche leidet, nicht erwarten, dass sie dieserhalb in einer Irrenanstalt Hülfe suchen; von dem Hausarzte, von dem in der Mehrzahl der Fälle die Entscheidung über den Gebrauch einer Cur abhängt, nicht fordern, dass er, selbst wenn er seine Bemühungen von keinem Erfolge gekrönt sieht, wenn ihm die häuslichen Verhältnisse ein Hinderniss für die Wiederherstellung zu sein scheinen, wenn die Krankheit allmälig weitere Fortschritte macht, dazu rathe, dass zu so extremen Maassregeln von vornherein geschritten werde. Er muss unter solchen Verhältnissen die erste günstige Zeit für die Behandlung vorübergehen lassen, er muss chronischen Nervenleidenden gegenüber erst Alles Andere versuchen, weil der Charakter der gegenwärtigen Heilanstalten sie erst dann berücksichtigen lässt, wenn alle anderen Mittel versucht und als nutzlos erkannt sind.

Bereits in meinem ersten Berichte habe ich es betont, dass die Psychiatrie es als ihre Aufgabe zu betrachten hat, die leichten Formen psychischer und die hiervon nicht zu trennenden nervöser Erkrankung einer specialistischen Behandlung zugänglich zu machen und in den Bereich ihrer Thätigkeit zu ziehen, und dass es, um die Erfüllung dieses Zweckes zu ermöglichen, nothwendig sei, andere Grundsätze für die Behandlung zur Geltung zu bringen; damit man nicht zu Heilversuchen schreite, wenn eine Heilung in der bei weitem grössten Mehrzahl der Fälle fraglich oder gar unmöglich ist, dass man nicht, wie bisher, die entwickelten Formen allein als Psychosen auffasst, sondern dass man schon bei der drohenden Gefahr, bei der von den meisten Kranken schon längere Zeit vorher sehr richtig erkannten Beeinträchtigung ihres Vorstellungs- und Empfindungslebens, bei sogenannter gesteigerter Nervosität, bei hypochondrischen, melancholischen und hysterischen Zuständen zu einer consequenten und rationellen Behandlung schreitet.

Unter dem Einflusse der bisherigen Richtung der Psychiatrie und des Umstandes, dass wir thatsächlich nur für die völlig entwickelten, ja sogar die abgelaufenen Formen Heilanstalten besitzen, geschieht es, dass die grössere Mehrzahl der Patienten sich der ärztlichen Behandlung entzieht, lieber den Landaufenthalt wählt, der ihnen wohl günstige äussere Bedingungen, aber nicht immer ärztliche Hülfe bietet, in zahlreichen Bädern Zerstreuung aber keine dauernde Heilung findet, den Besuch einer Kräutercur, Schroth'schen oder sonstigen Heilanstalt vorzieht, um wenigstens keine Einbusse an persönlicher Freiheit oder an ihrem guten Namen als geistig zurechnungsfähige Menschen zu erleiden.

Es liegt auf der Hand, dass das Ungenügende eines Landaufenthaltes, die kurze meist oberflächliche Bekanntschaft mit dem Arzte während einer Badesaison u. s. w. nur unvollkommene Resultate liefern kann, dass die Heilung theils an der Kürze der zur Cur bestimmten Zeit, theils an der Unzulänglichkeit der gewählten Heilmittel scheitern muss, und dass nur von einem richtigen therapeutischen und diätetischen Eingreifen Erfolge zu erwarten sind.

Die Anstalt ist Sommer und Winter geöffnet und zur Aufnahme und Behandlung von Kranken eingerichtet, die theils in ihr selbst, theils in Privatlogis ein Unterkommen finden, an der Cur jedoch gleichmässig Theil nehmen. Wenn auch der Besuch während der guten Jahreszeit sich steigert, so ist doch der Winter für den Gebrauch einer Cur durchaus nicht ungeeignet. Auch er bietet durch landschaftlichen Reiz, durch den Genuss einer auch dann grossartigen Natur, durch frische gesunde Bergluft dem Bewohner der Stadt die für den Gebrauch einer Cur günstigen äusseren Bedingungen. Die längeren Winterabende vereinigen die anwesenden Gäste des Hauses bei musikalischen Vorträgen, Lectüre, Gesellschaftsspielen u. dergl. zu einem engeren Kreise, in dem es oft recht vergnügt und heiter hergeht.

Blankenburg ist seiner günstigen Lage, seiner freundlichen Umgebungen und der Nähe der schönsten Punkte des Harzes wegen im Sommer von zahlreichen Fremden besucht. Es eignet sich wie wenige andere Harzorte seiner geschützten und anmuthigen Lage wegen zu einem Curorte für Nervenleidende, und hat den Charakter eines solchen in den letzten Jahren durch die auch in der Stadt zerstreut wohnenden Patienten des Asyls und hiesigen Kiefernadelbades angenommen. Dem zuweilen hervorgetretenen Mangel an freundlichen, ausserhalb der Stadt gelegenen Wohnungen wird schon im nächsten Sommer durch zahlreiche Neubauten abgeholfen sein.

Die Elevation der Stadt über dem Meere beträgt circa 900 Fuss, während die umliegenden Berge bis 1500 Fuss sich erheben und somit reichliche Gelegenheit zu tüchtigen Gebirgstouren bieten. Die örtlichen Verhältnisse und die Lage der Stadt sind wichtige Unterstützungsmittel für die Cur, die sich ja in der Mehrzahl der Fälle zum Zwecke einer Kräftigung und Stärkung des Nervensystems eine Hebung der vegetativen Sphäre, eine Herstellung der normalen Respirations- und Circulationsthätigkeit zur Aufgabe zu stellen hat.

Die längst projectirte Eisenbahn nach Halberstadt wird binnen kurzer Zeit in Angriff genommen werden und unsere Stadt im Verein mit der im vorigen Jahre vollendeten Telegraphenverbindung dem grösseren Verkehr eröffnen. Die Anstalt besteht aus zwei inmitten freundlicher Parkanlagen gelegenen, villenartigen Häusern, von denen das eine zur Aufnahme der Damen, das andere zu der der Herren eingerichtet ist. Die Badeanstalt befindet sich in einem dritten, grössern, von den beiden Villen etwas getrennt gelegenen Hause. Einige dreissig vorhandene Zimmer bieten Raum zur Aufnahme von etwa zwanzig Patienten beiderlei Geschlechts, zur Wohnung für die Aerzte und das übrige Hauspersonal.

Wenn ich im Nachfolgenden einen Rückblick auf die ärztliche Thätigkeit der Anstalt im verflossenen Zeitraume werfe, so will ich zuerst bemerken, dass die Therapie jeder exclusiven Richtung fremd geblieben ist, und dass neben Medicamenten, Molken, Mineralwasser, Kräutercuren, warme und kalte Bäder, Elektricität u. s. w. Anwendung gefunden haben. Eine Hauptaufgabe für die Therapie der nervösen Schwächezustände beim weiblichen Geschlechte ist die gynäkologische Behandlung, deren Durchführung in der Regel mehrere Monate erfordert.

'Will man einen dauernden Erfolg als die oberste therapeutische Aufgabe betrachten, so darf man der oft so sehr von ärztlicher Seite bevorzugten symptomatischen Therapie keinen zu grossen Werth beilegen. Symptomatische Erfolge, wie sie durch die Anwendung der Narkotika, der Digitalis u. s. w. erzielt werden, sind meist von zu kurzer Dauer, um chronischen Nervenleiden gegenüber einen besondern Werth beanspruchen zu können; ausserdem erscheinen mir die bei längerem Gebrauche derartiger Mittel unvermeidlichen Störungen in der Verdauung und Ernährung Grund genug für möglichste Beschränkung solcher Ordinationen zu sein.

Ich erblicke die Hauptaufgabe für die Behandlung in einem in erster Linie tonisirenden Heilverfahren. Eisen und Tonica spielen deshalb unter den zur Anwendung gekommenen Medicamenten die Hauptrolle; ein sehr ausgedehnter Gebrauch wurde ausserdem von lauwarmen Bädern mit und ohne Zusatz aromatischer und salinischer Stoffe gemacht. Die beruhigende, von den Centralorganen ableitende und so allmälig tonisirende Wirkung lauwarmer Bäder wird auf die Dauer von keinem einzigen innern Mittel übertroffen, eine Erfahrung, der die indifferenten Thermen von Wildbad, Gastein, Schlangenbad u. s. w. ihren verbreiteten Ruf bei der Behandlung nervöser Schwächezustände verdanken. Anstatt der von England aus so warm empfohlenen Senfbäder, deren sedirende und schlafmachende Wirkung eine ziemlich ausgedehnte Anwendung zur Folge gehabt hat, wurden bei entsprechenden therapeutischen Indicationen mit dem grössten Vortheile Kiefernadelwannenbäder (20 bis 60 Tropfen ol. pin. sylv. aether auf eine Wanne von 20 Eimern) verordnet. Bei Individuen mit reizbarer Haut erkauft man zuweilen die gewünschte Allgemeinwirkung durch einen zwar stark brennenden, aber rasch verschwindenden, nesselartigen Ausschlag. Ausser der gewöhnlichen Application des Wassers in Wannen wurden auch Regenbäder in Anwendung gebracht, zu deren Verabreichung sich die Fischer'schen Badeapparate am geeignetsten zeigen. Man kann die Temperatur je nach dem Alter und der Individualität des Kranken so am leichtesten regeln und in passenden Fällen selbst höhere Temperaturen einwirken lassen. Der Gebrauch der örtlichen (Sitz-, Fuss-, Douche-) Bäder wurde namentlich in denjenigen Fällen instituirt, in welchen es sich um die Ableitung nach den Beckenorganen und Extremitäten handelte. Sitzbäder wurden ausserdem als wesentliche Unterstützungsmittel der gynäkologischen Behandlung oft in Anwendung gebracht. Sie verdienen unbedingt den Vorzug vor den Injectionen, weil sie unter gleichzeitiger Anwendung der Martin'schen Badespecula einen längeren und wirksameren Contact der Flüssigkeit, der man salinische, adstringirende und aromatische Zu-

sätze beifügen kann, mit den erkrankten Organen, in specie den Schleim-
häuten der Vagina und des Uterus, gestatten. Ohne Zweifel besitzen
wir in dem Sitzbade ein sehr kräftiges und erfolgreiches Emmenagogum
und es giebt kein anderes Mittel, welches durch Regulirung der Menstruation und vielleicht durch directen Einfluss auf die periuterinen Hyper-
ämien bei chronischer Oophoritis, Peri- und Parametritis eine so vortheilhafte Wirkung ausüben könnte.

Die Anwendung der Gymnastik hat nur in beschränktem Maasse
stattgefunden; die meisten Kranken ziehen es vor, durch tüchtige Fusstouren in das Gebirge sich die nöthige Bewegung zu verschaffen und so
das Nützliche mit dem Angenehmen zweckmässig zu verbinden. Für
andere boten die ausgedehnten, die Anstalt umgebenden Gärten oft eine
willkommene Gelegenheit zur Beschäftigung und Zerstreuung.

Betrachten wir die Hauptformen der zur Behandlung gekommenen
Krankheiten, so prävalirten bei den männlichen Kranken die Erscheinungen hypochondrischer und melancholischer Verstimmung, bei den
weiblichen die der Hysterie und der allgemeinen Nervenschwäche. Meist
war schon zuvor ein längerer Zeitraum seit dem Beginn des Leidens verflossen, so dass die ersten Anfänge der vorhandenen Krankheit jahrelang
zurück verfolgt werden konnten und die Anwendung verschiedener Curen
sowohl zu Haus als in Bädern u. s. w. stattgefunden hatte.

Als der wichtigste Ausgangspunkt für die Entwickelung psychisch-
nervöser Erkrankungen mussten beim männlichen Geschlechte Functions-
störungen der Digestionsorgane angesehen werden. Dieselben hatten
durch Beeinträchtigung der Ernährung, Störung der Circulation oder auch
durch directen Reflex die Thätigkeit des Nervensystems geschwächt oder
krankhafte Reizbarkeit hervorgerufen. Geistige Anstrengung bei geringer
Rücksichtsnahme auf die Bedürfnisse des Körpers, hereditaire Anlage auf der
einen Seite, opulente Lebensweise bei Excessen in Venere et Baccho auf
der andern Seite werden als die wichtigsten Ursachen jener Circulations-
und Ernährungsanomalien im Bereiche der Digestionsorgane bezeichnet,
welche man als abdominale Plethora charakterisirt, auf deren Boden eine
grosse Anzahl der in der Anstalt behandelten Neurosen gewachsen ist.

Oft hat in einem gegebenen Falle die Entscheidung, auf welchem
Wege die psychisch nervöse Erkrankung somatisch bedingt ist, Schwierig-
keiten zu überwinden. Es fragt sich, ob directe Reflexe von den zahlreichen Nervenplexus der Abdominalorgane aus, ob in zweiter Reihe erfolgte Affectionen der Unterleibsdrüsen (Leber, Milz, Nieren), ob Veränderungen in den Gefässbahnen, Beeinträchtigungen und Hemmungen
in der Stromgeschwindigkeit des Blutes (Congestionen zum Gehirn und
Herzen), oder ob endlich das Zusammenwirken aller dieser Momente das
ziemlich gleichartige durch Bildung, Stand, Lebensalter u. s. w. nur ver-
schieden gefärbte Gesammtbild hypochondrisch melancholischer Verstim-

mung zu Tage treten lassen. Die Anomalien der Digestionsorgane bedingen ohne Zweifel in erster Reihe eine mangelhafte Assimilation der Nahrungsstoffe, eine unvollkommene Ausscheidung der für den Organismus nicht verwendbaren Substanzen. Die mit der dadurch herbeigeführten zunehmenden Schwäche und Erschlaffung des Körpers sich mehrende Abneigung vor Bewegung und Anstrengung, das Darniederliegen der Respiration lassen das Blut für den Stoffwechsel und die Ernährung des Nervensystems mehr und mehr untauglich werden, und so allmälig jene Zustände physischer und psychischer allgemeiner Schwäche, wie sie uns öfter zur Behandlung kamen, bedingen.

In den meisten solchen Fällen genügen Medicamente allein nicht. Hier handelt es sich um eine Rückkehr zu einfacheren Lebensbedingungen, um eine monatelang fortgeführte rationelle Diätetik, um eine allmälige systematische Gewöhnung an Bewegung und Belebung der Muskelthätigkeit des Körpers. Die gleichzeitige Entfernung aus den häuslichen Verhältnissen, den Anstrengungen und Sorgen des Berufes entzieht den Geist den nach und nach zur Gewohnheit gewordenen krankhaften Lebensanschauungen und Grübeleien über die Krankheit und lässt mannigfache neue Eindrücke auf ihn einwirken, welche zerstreuen und neu beleben. Die gegen die somatische Basis derartiger Zustände in Anwendung gebrachten Mittel sind salinische Mineralwasser, Carlsbader Salz, Molken und Kräuterdecocte, da es in der grossen Mehrzahl der Fälle die erste Aufgabe einer rationellen Therapie bleibt, durch grössere Bethätigung der Darmfunctionen die vorhandenen Anschoppungen und Stasen auszugleichen und so einen normalen Stoffwechsel vorzubereiten. Man darf hierin nicht zu weit gehen und etwa glauben, es handele sich um forcirte Abführcuren; solche schaden dem Kranken entschieden, untergraben die Constitution allmälig mehr und mehr und steigeren gleichzeitig die Reizbarkeit seines Nervensystems.

Den späteren Monaten der Cur fällt dann die Aufgabe zu, durch ein tonisirendes Verfahren, bei dem Eisenpräparate, Bitterstoffe, in specie Nux vomica, die Hauptrolle spielen, die gesunkene Lebensenergie zu heben und den Stoffwechsel nach und nach dem Normalen zuzuführen.

Bedarf man im Beginn der Cur, um die Leiden der Kranken zu mildern, ihnen Ruhe und Schlaf zu schaffen, der zeitweiligen Anwendung der Narcotica, so treten derartige symptomatische Indicationen mit der fortschreitenden Besserung mehr und mehr in den Hintergrund. Tüchtige Fusstouren, kalte Waschungen und Regenbäder sind am Platze, um die gesunkene Lebensenergie zu heben, die Leistungsfähigkeit des Organismus in seinem ganzen Umfange anzuregen und so den Kranken allmälig seiner Heilung entgegenzuführen.

Sind, wie es öfters der Fall ist, tiefere Erkrankungen der ergriffenen Organe (Dilatation und Klappenfehler des Herzens, organische

Erkrankungen der Leber, der Nieren u. s. w.) bereits vorhanden, so kann von einer Heilung nicht, höchstens von einer temporairen Erleichterung und Besserung des Zustandes die Rede sein.

Im Ganzen besteht zwischen allen diesen Formen abdominaler Stase sowohl in ihren rein somatischen wie in den psychischen Symptomen eine merkwürdige Uebereinstimmung. Sind es dieselben peripherischen Reflexe, welche sich in dieser Weise psychisch centralisiren, ist es die in Folge der Stase erfolgende Kohlenstoffüberladung (Hypervenose) des venösen Blutes, welche schliesslich auch das arterielle in Mitleidenschaft zieht, es für die Ernährungsvorgänge des centralen Nervensystems untauglich macht (Kohlensäureintoxication), oder sind es diese und noch andere Bedingungen (meningeale Stase bei Gehirnanämie), welche zusammenwirkend so oft auf dem Boden eines Abdominalleidens eben diese specifische Neurose bedingen?

Wir sind noch nicht im Stande, hierfür eine befriedigende physiologische Antwort zu geben; wir sehen nur, dass mit einer methodischen Bethätigung der Abdominalfunctionen, mit einer Anregung der Haut- und Lungenthätigkeit verhältnissmässig bald eine Rückbildung der psychopathologischen Erscheinungen erfolgt, während wir umgekehrt bei einem längern Bestande derselben weitere Bahnen psychischer Thätigkeit krankhaft afficirt, den Uebergang der melancholischen Verstimmung durch das Prävaliren einzelner Vorstellungsgruppen in die entwickelte Psychose stattfinden sehen. Wir besitzen hierin einen selten trügenden prognostischen Maassstab für die Beurtheilung der Dauer und Heilbarkeit des Leidens. Je mehr die Psychose den melancholischen Charakter abstreift und je mehr dann bestimmte Vorstellungsgruppen überwiegen und sich fixiren, um so unheilbarer wird sie, um so mehr ist der Uebergang der primären Form melancholischer Verstimmung in die secundäre (Wahnbildung) ausgedrückt.

Von bemerkenswerthen Krankengeschichten hypochondrischer und melancholischer Verstimmung theilen wir folgende mit:

Herr A. M., 42 Jahr alt, seit längeren Jahren an Obstruction und Digestionsbeschwerden leidend, icterische Hautfärbung, kühle Extremitäten, kleiner frequenter Puls, ziehende Schmerzen dem Verlaufe der Wirbelsäule folgend, häufiges Uriniren (specif. Gewicht 1,021), Eingenommenheit des Kopfes, Schlaflosigkeit, Schwächegefühl in den unteren Extremitäten, trat am 4. April zum Zwecke einer ärztlichen Behandlung in die Anstalt ein. Untersuchung ergiebt nachweisbare ziemlich intensive Vergrösserung der Leber, gallenarme Stühle, Spinalirritation, Abnahme der Hautsensibilität, im Uebrigen nichts Abnormes, als Ursache der allgemeinen somatischen und psychischen Erschöpfung.

Der psychische Zustand zeigt neben den Erscheinungen einer bis zur Apathie gesteigerten Verstimmung eine übellaunige, reizbare, alles bekrittelnde Gemüthsverfassung, Hoffnungslosigkeit in Betreff der Genesung, häufige und öftere Furcht vor weiter fortschreitender psychischer Erkrankung. In den häuslichen Verhältnissen hatte sich Patient seit Jahren unglücklich gefühlt, das Interesse an seinem Berufe und seiner Familie zum grossen Theil eingebüsst und die Ursache seiner Verstimmung in dem Aufgeben eines ihm früher angenehmen in den letzten Jahren oft lästigen Geschäftes gesucht. Mannigfache Heilversuche hatten keine oder nur eine vorübergehende Erleichterung seines Zustandes herbeigeführt. Patient sah die Ursache seiner Krankheit in einer Störung der Verdauungsorgane und hatte in den letzten Jahren durch stark ausleerende Mittel sich selbst zu helfen bemüht, jedoch mehr eine Zunahme seiner körperlichen Schwäche danach eintreten sehen. Bei der ausgesprochenen Schwäche der unteren Extremitäten, den häufigen Pollutionen, der Polyurie, den vorhandenen Anästhesien lag der Verdacht einer Rückenmarksaffection nahe, die sich mit den vorhandenen Unterleibsleiden complicirt und sich gleichzeitig mit demselben entwickelt hatte.

Warme Bäder, extract. nuc. vomicae spirituos., später Eisen, besserten sein Befinden unter gleichzeitiger Anwendung einer Milchcur in erfreulicher Weise, so dass Patient in den Stand gesetzt wurde, sich wiederum als Kaufmann zu etabliren. Eine Heilung im strengen Sinne des Wortes ist nicht eingetreten, Besorgniss vor früheren oder späteren Recidiven vorhanden.

Dr. S. aus M., welcher zur Vollendung seiner medicinischen Studien sich vorübergehend in Berlin aufhielt und sich angestrengt geistig beschäftigt hatte, war gezwungen, dieselben zu unterbrechen, da sich seiner eine so hochgradige psychische Schwäche bemächtigt hatte, dass er von dem Besuche der Vorlesungen aus Theilnamlosigkeit und Unfähigkeit einer gespannten Aufmerksamkeit nur einen unvollkommenen Nutzen zu haben meinte. Er entschloss sich, dieselben für einige Zeit zu unterbrechen, für seine geistige Erholung Sorge zu tragen. Untersuchung ergiebt chronischen Gastro-Duodenalcatarrh, Vergrösserung der Leber, icterische Hautfärbung, Verdacht einer Dilatation des linken Ventrikels. Trotz immerwährender Müdigkeit nur unvollkommener Schlaf, kleiner frequenter Puls, Druck im Scrobiculo cordis empfindlich. In der psychischen Sphäre keine eigentliche Verstimmung, nur Unfähigkeit zu denken und zu empfinden wie in gesunden Tagen.

Therapie: Sal. thermar. Carolinens., Kiefernadelbäder, später Eisen und Tonica. Patient geht nach sechswöchentlichem Gebrauche der Cur zur Fortsetzung seiner Studien nach Berlin zurück, fühlt sich wesentlich geistig frischer und hat sich späterhin wieder vollkommen erholt.

Herr J. N., 69 Jahre alt, ein stark beleibter, in seiner äussern Erscheinung sehr wohl aussehender Mann, hatte unter den Erscheinungen von Schlaf- und Appetitlosigkeit seit einigen Monaten an hypochondrischer Verstimmung gelitten; eine ängstliche Stimmung hatte sich seiner bemächtigt, in Folge deren es ihm schwer wurde, in seinem Berufe als Kaufmann thätig zu sein. In den letzten Wochen vor seiner Aufnahme hatten sich Morgens beim Erwachen Symptome von stärkerer Präcordialangst eingestellt, welche ihn grosse pecuniäre Verluste, vielleicht einen Bankerott befürchten liessen. Trotz einer günstigen pecuniären Lage war Patient nicht im Stande, seine immer wiederkehrenden Angstgefühle zu beherrschen; er selbst sah vorübergehend das Krankhafte seiner Auffassung ein, fühlte sich aber unfähig, seinen Geschäften in gewohnter Weise vorzustehen. Die vorgenommene Untersuchung ergab ausser einer grössern Empfindlichkeit in der Reg. epigastrica, Neigung zu Durchfällen, allgemeiner Abspannung nichts Abnormes; der Schlaf war schlecht, der Appetit gering, die Ernährung hatte seit Wochen stärker gelitten. Grosse nervöse Unruhe, Furcht vor dem Verluste seiner Sehkraft, welche in der That wesentlich abgenommen hatte, beherrschten ihn. Hereditaire Anlagen zur melancholischen Verstimmung waren in der Familie vorhanden. Lauwarme Bäder, Morphium in kleinen Dosen, späterhin ein leichtes Eisenpräparat, besserten das Befinden, so dass Patient nach einigen Monaten, wenn auch nicht geheilt, so doch frei von seiner Präcordialangst und Verstimmung zu den Seinigen zurückkehren konnte.

Herr Prof. R., 54 Jahr alt, ein kräftig entwickelter, geistig sehr begabter Mann, war nach längerm Aufenthalte in Rom als Lehrer der Malerei thätig gewesen. Früher mit regem Eifer seiner Kunst zugethan war ihm in den letzten Jahren die Ausübung derselben und sein gleichzeitiger Unterricht schwer geworden. Früher in geselligen Kreisen sehr beliebt, hatte er sich mehr und mehr von jedem äussern Verkehre allmälig zurückziehen müssen; asthmatische Beschwerden, Schlaflosigkeit, öftere Schwindelanfälle hatten sich eingestellt, in Folge dessen eine trübe und gedrückte Stimmung ihn oft quälte. Die einzige Erleichterung seiner Leiden brachte ihm der anfänglich sehr mässige, späterhin öfter nothwendig gewordene Genuss alkoholhaltiger Getränke. Die vorgenommene Untersuchung bestätigte den von seinem Hausarzte ausgesprochenen Verdacht eines organischen Herzleidens (dilat. cord. sinistri), in Folge dessen sich Unregelmässigkeiten der Blutcirculation, häufige Schwindelanfälle neben lähmungsartiger Schwäche des Unterkiefers eingestellt hatte. Man erwartete von einem längern Aufenthalte in guter und gesunder Bergluft, wenn auch keine Genesung, doch wenigstens eine Erleichterung seines Zustandes. Anfänglich schien es auch wirklich, als ob die asthmatischen Anfälle an Intensität nachliessen; Patient konnte kürzere Spaziergänge im Gebirge ohne jede Anstrengung vornehmen, aber bald zeigte sich an der Stelle der scheinbaren Besserung eine Verschlimmerung seines Zustandes. Auf meinen Rath kehrte er nach vorhergegangener Consultation des Geheimeraths Traubo nach Petersburg zurück, wo er bald nach seiner Rückkehr unter Zunahme der Herzerscheinungen, Ohnmachtanfällen u. s. w. plötzlich seinen Leiden erlag.

Herr A. T., 44 Jahr alt, war als junger Mann von Bremen nach Südamerika ausgewandert und hatte dort in einem grössern Handlungshause eine seinen Wünschen entsprechende Thätigkeit gefunden. Unter dem Einflusse des südlichen Klimas hatten sich Erscheinungen von Blutandrang zum Kopf, leichte Schwindelanfälle, momentane Bewusstlosigkeit eingestellt. Eine dagegen gebrauchte Kaltwassercur hatte eine Besserung dieser Erscheinungen herbeigeführt, bis eine syphilitische Infection (inducirter Chancre, Halsaffection) und die damit verbundene Aufregung, sowie eine späterhin gebrauchte Sublimatcur erneute Anfälle der Celebrarerscheinungen und gleichzeitige melancholische Verstimmung zur Folge hatte. Eine heftige Gemüthsaufregung hatte unter solchen Verhältnissen einen länger anhaltenden Anfall von Bewusstlosigkeit zur Folge, nach dessen Aufhören die Zeichen einer abnormen psychischen Erregtheit unter dem Charakter eines acuten Deliriums hervortraten. Gleichzeitig stellte sich eine Ptosis paralytica des rechten obern Augenlides und damit die Erscheinungen einer hypochondrischen Melancholie ein, welche dem Patienten unter immerwährenden Klagen über sein Unglück für seine nächste Umgebung in hohem Grade lästig erscheinen liessen. Als Patient nach wiederholten erfolglosen Curversuchen zum Zwecke einer ärztlichen Behandlung in die Anstalt eintrat, hatte seine Krankheit bereits mehrere Jahre gewährt, sein ganzes Wesen, sein Gesichtsausdruck u. s. w. eines unzufriedenen mit sich selbst zerfallenen Menschen. Die vorgenommene ärztliche Untersuchung ergab keine bemerkenswerthe Anhaltepunkte für ein eingreifendes Heilverfahren. Fleissige Bewegung, kalte Abreibungen und eine auf die Bethätigung der Unterleibsfunctionen gerichtete Cur waren, da Opiate sein Befinden nur verschlimmert hatten, neben einer Regelung der Diät die zunächst eingeschlagene Therapie, wonach eine leichte Besserung, zugleich aber eine neue syphilitische Erscheinung, nämlich die eines Chancrebläschens, beobachtet wurden. Der Gebrauch von Jodkalium besserte sein Befinden nicht bemerkenswerth, dahingegen hatte der von dem Herrn Doctor Lorent in Bremen angerathene Gebrauch des Zittmann'schen Decoctes einen auffälligen Nachlass der psychopathologischen Erscheinungen zur Folge. Der Kranke erholte sich hierauf verhältnissmässig schnell und ist nach den inzwischen eingetroffenen Nachrichten fast vollständig genesen. Aller Wahrscheinlichkeit nach lag in diesem Falle doch eine syphilitische Affection, welche sich an oder in dem Gehirn localisirt hatte, vor.

Lähmungen, peripherische sowohl als centrale, kamen in verschiedenen Formen zur Behandlung, ohne dass jedoch dieselben besonderes Interesse dargeboten hätten. Unter den zur Anwendung gekommenen Mit-

teln äusserte zuweilen der Inductionsapparat einen unzweifelhaft günstigen Einfluss auf den gesammten Krankheitszustand. Ein Kranker,
welcher in Folge eines apoplectischen Insultes an halbseitiger Lähmung
seit mehreren Monaten gelitten hatte, besserte sich in verhältnissmässig
kurzer Zeit, bis erneute apoplectische Anfälle den Kranken völlig unfähig
zu einer jeden geistigen Thätigkeit machten und nach seiner Rückkehr
zu den Angehörigen schnell dahinrafften.

Besonderes Interesse gewährt ein noch gegenwärtig in Behandlung
befindlicher Fall von Occipitalneuragie durch die mit ihm verbundenen
auffälligen Reflexe in die psychischen Centren.

Herr J. C., 32 Jahr alt, hatte in Folge eines unregelmässigen
Lebenswandels vor etwa drei Jahren die ersten Spuren der Krankheit an
sich beobachtet. Bei dem Verdachte einer rheumatischen Affection wurden römische Bäder und späterhin eine Kaltwassercur, jedoch ohne den
gewünschten Erfolg gebraucht. Bei seiner Aufnahme zeigte der Kranke,
welcher angegriffen und leidend aussah, die nachfolgenden Erscheinungen.
Heftige ziehende Schmerzen traten ohne nachweisbare äussere Veranlassung
dem Verlaufe des n. occipitalis major folgend und an seiner Austrittsstelle
am Kopfe beginnend ein. Dieselben erstreckten sich unter dem Gefühle
eines lästigen Druckes bis zum Vorderkopfe; der Kranke klagte darüber,
dass ihm der Kopf eingenommen oder leer erscheine. Hatte das Leiden,
welches mannigfache Schwankungen der Intensität zeigte, einen höhern
Grad erreicht, so stellten sich verschiedenartige dem Kranken in hohem
Grade lästige Vorstellungen ein; er klagte, er müsse ausser dem, was
er denken wolle, noch eine Menge anderer, oft höchst eigenthümlicher und
bizarrer, meist der Vergangenheit angehöriger Ideen in sich verarbeiten.
Bei seinem sehr ungetrübten Humor und grosser Willenskraft war es ihm
zuweilen leicht, diese krankhaften Vorstellungen, welche so lebhaft wie
Hallucinationen auftraten, zurückzudrängen, oft aber war es ihm bei
dem besten Willen nicht möglich, diese Vorstellungen zu verscheuchen.
Liess der dem Verlauf des Occipitalis folgende Schmerz nach, so traten
die psychischen Erscheinungen wieder in den Hintergrund. Die Krankheit zeigte auffällige von äusseren Einflüssen unabhängige Schwankungen; es ging oft mehrere Tage lang recht gut, dann aber auch wieder in
einer für den Kranken höchst lästigen Weise schlecht. Der Gebrauch
von acid. arsenicos., von kalten Regenbädern und die Anwendung des Inductionsapparates, welcher dem Kranken wenigstens sofort einige Erleichterung verschaffte, die Anlegung eines Cetaceums führte eine temporäre Besserung seines Zustandes herbei. Späterhin wurde einige Zeit
hindurch Jodkalium angewandt. Im Ganzen und Grossen hat sich jedoch bis jetzt trotz günstigerer Gestaltung seines Allgemeinbefindens
eine völlige Beseitigung des Leidens nicht erreichen lassen.

Von fortschreitender Paralyse kamen mehrere Fälle zur Beobachtung; in einem derselben trat in Folge eines bedeutenden Furunkels eine wesentliche Besserung, welche gegenwärtig noch ungestört ist, ein. In einem ähnlichen, jedoch mehr auf einen Erweichungsprocess des Gehirns deutenden Falle, scheint auch seit längerer Zeit ein erfreulicher Stillstand der anfänglich rasch fortschreitenden Lähmungserscheinungen stattzufinden.

Den bei Weitem vorwiegenden Theil ärztlicher Thätigkeit bildete bei der Behandlung der weiblichen Patienten die gynäkologische Localtherapie. Wenn bisher von Seiten der Psychiatrie verhältnissmässig so wenig die Erfahrungen der Gynäkologie Berücksichtigung gefunden haben, so erklärt sich dieses wohl daraus, dass sie es meistentheils mit der Behandlung schon weit entwickelter Psychosen zu thun hat. Die Schwierigkeit der Untersuchung und örtlichen Behandlung, vielleicht auch die geringen Erfolge, welche bei längerm Bestehen des Uterinleidens die Fixirung der abnormen Uterinreflexe mit sich bringt, mögen erklären, weshalb trotz der bezüglichen Symptome, Fehlen der Katamenien, fluor albus, periodische mit der Menstruation eintretende Exacerbation der Psychose, hysterisch-psychische Symptomreihe u. s. w., von einer localen Therapie Abstand genommen wurde.

Von besonderer Wichtigkeit für die Genese psychischer Erkrankung sind in erster Reihe alle diejenigen Formen von Sexualleiden, bei welchen ein starker, lange Zeit fortbestehender Säfteverlust stattfindet. Das Wochenbett und seine Folgen, profuse Blutungen, langwierige Katarrhe der Vagina und des Cervix, sowie die hieraus sich weiter entwickelnden Verschwärungen und Hypertrophien des Uterus und der Ovarien bilden in erster Reihe die Hauptursachen der zahlreichen nervösen Schwächezustände, welche sich auf dem Boden eines Sexualleidens entwickeln. Sie wirken theils durch directe, mehr oder weniger allgemeine Erschöpfung der Kranken, durch Beeinträchtigung der Menstruation, durch Störungen der Verdauung, Veränderungen der Blutmischung. Es scheint von Zufälligkeiten abzuhängen, ob die Functionsanomalien des Nervensystems mehr psychische oder peripherische Nervenbahnen treffen. Directe Uebergänge der einen Form in die andere, das Alterniren zwischen psychischer und rein nervöser Erkrankung, von hysterischen Krämpfen mit psychischer Verstimmung, mit Erbrechen, mit Frostanfällen, mit Präcordialangst wurde häufig beobachtet. Es scheinen jedoch besondere Verhältnisse obwalten zu müssen, wenn es zu einer fortschreitenden Entwickelung rein psychischer Erscheinungen kommen soll, da man oft jahrelang die intensivsten Erkrankungen der Sexualsphäre ohne bemerkenswerth sich steigernde psychische Symptome verlaufen sieht. Bei der grossen Verbreitung derartiger Leiden scheinen durch erbliche Disposition, einseitige und fehlerhafte Erziehung, krankhafte Richtung der psychischen Thätigkeit auf einen beschränkten Vorstellungskreis die Ursachen der mehr psychischen Färbung sexueller Leiden vorzugsweise mit bedingt zu sein. Ohne allen Zweifel wird das Nervensystem überhaupt unter dem Einflusse der genannten Localerscheinungen in einen eigenthümlichen Zustand von reizbarer Schwäche versetzt, den man eben mit dem Collectivnamen der Hysterie bezeichnet.

Die einfachste und häufigste Form des beginnenden Localleidens ist der chronische Katarrh der vagina, der mit der Pubertätsentwickelung schon oft zusammenzufallen pflegt. Bei längerem Bestehen desselben entwickeln sich allmälig Schwellungen und Verschwärungen der Schleimhaut, Menstruationsbeschwerden, Senkungen, Knickungen und Verlagerungen des schon in seinem Wachsthum beeinträchtigten Uterus, an die sich die hartnäckigsten und für eine rationelle gynäkologische Behandlung schwer zugänglichen weiteren Veränderungen anreihen. Da ein schneller Erfolg dann nicht zu erwarten ist, da falsche Scham dem Arzte die Erkenntniss und rationelle Behandlung des Leidens selten gestattet, so siechen, namentlich in den höheren Ständen, eine grosse Anzahl Kranker jahrelang dahin, bevor das Leiden den Eingriff eines Arztes gebieterisch erheischt. Die gewöhnlich beliebte Therapie, welche mit Kamillen beginnt und sich bis zu Valeriana und Morphium emporschwingt, kann, wenn überhaupt, sich nur sehr vorübergehender Erfolge rühmen.

Betrachten wir die verschiedenen Formen örtlicher Leiden in ihrem Einfluss auf die psychische Sphäre, so können wir nicht sagen, dass sie mit bestimmten Erkrankungsformen der Psyche in einem nachweisbaren specifischen Zusammenhange stehen. Dieselbe Form uteriner Erkrankung finden wir als Ursache der verschiedenartigsten Neurosen. Wir beobachteten z. B. Orificialgeschwüre sowohl bei Melancholischen wie an Exaltationszuständen leidenden Patientinnen, ebensowohl Neigung zu religiösen Grübeleien, wie zu Präcordialangst, wie zu allgemeiner psychischer Schwäche und nervöser Abspannung, übellauniger Reizbarkeit wie ängstlicher Verschlossenheit. Dürfen wir uns nach einem allgemeinen Ueberblicke ein Urtheil erlauben, so möchten wir sagen, dass bei Knickungen und Verlagerungen mehr die nervösen, bei Ulcerationen und Katarrhen, sowie deren Folgen mehr die psychischen Symptome in den Vordergrund treten. Die allgemeine Erfahrung, dass die Schwangerschaft in ihren verschiedenen Stadien zu den auffälligsten psychischen Erscheinungen die Veranlassung wird, erklären wir uns durch die analogen Vorgänge intrauteriner Reizung, welche durch die sich entwickelnde Frucht ausgeübt wird und die durch den allmälig von der Schleimhaut der Vagina auf die innere Uterusfläche und die Ovarien übergehenden Katarrhe. Interessant sind auch die psychischen Analogien beider Zustände. Die krankhaften Gelüste und Geschmacksveränderungen in der Schwangerschaft, die melancholischen, von religiöser Befangenheit bis zur Todesfurcht sich steigernden Symptome, die Präcordialangst, der psychische Erethismus, welcher auch die gesundesten Frauen während der Schwangerschaft heimsucht, für alle diese Zustände finden wir Analogien mit denjenigen Zuständen nervöser Erkrankung, welche uns häufig beschäftigt haben. Ich möchte nicht zu weit gehen aber auch die Bemerkung nicht unterdrücken, dass mehr oder weniger alle unsere Patientinnen, selbst diejenigen, bei denen die sorgfältigste örtliche Untersuchung kein nachweisbares Localleiden ergab, doch oft durch die Eigenartigkeit der psychischen Symptome den Verdacht einer gleichzeitigen Affection des Sexualsystems in mir rege machten, der durch Menstruationsanomalien, durch periodische Exacerbation und durch die ganze Gestaltung der psychischen Symptome bestärkt wurde.

Das lästigste selten fehlende Symptom bei Uterinleiden ist das der Präcordialangst, deren graduelle Verschiedenheit bemerkenswerthe Unterschiede zeigt. In leichteren Graden fühlen die Kranken einen Druck, eine leichte Beängstigung, eine Unfähigkeit tief ein- und ausathmen zu können, eine Furcht vor dem, was kommen könnte. Alles scheint ihnen sonderbar, eine Gleichgültigkeit bemächtigt sich ihrer, das Kleinste regt sie auf und eine Menge von Ideen stürmen auf sie ein. Steigert sich dieselbe, so ist ihnen zu Muthe, als müsste ein Unglück sie heimsuchen, als ginge es nun nicht mehr weiter, als könnten sie nicht mehr leben, wie wenn irgend eine Schuld sie träfe, bis zu jenen hohen Graden, bei denen Selbstmordgedanken u. s. w. die Kranken einnehmen. Die Dauer dieser Zustände, welche den Charakter einer reinen Vagusneurose an sich tragen, ist eine sehr verschiedene, sie beschränken sich oft nur auf wenige Minuten, währen oft aber auch Stunden lang. Die Therapie hat neben einer länger fortgesetzten localen Behandlung, welche je nach der Form des Leidens variirt (Sitzbäder, adstringirende Einspritzungen, Touchirungen mit lapis nitricus, periodische Blutentziehungen, Einlegung der Sonde, Repositionsversuche und Lageverbesserungen, operative Eingriffe) sich die Beruhigung (warme Bäder) und die Hebung der Ernährung und des Stoffwechsels (Eisen, Tonica) zur hauptsächlichsten Aufgabe zu stellen, da die Erfahrung zeigt, dass schon dadurch eine Vermehrung der Widerstandsfähigkeit des Nervensystems und ein wenn auch nur vorübergehender Erfolg erreicht wird.

Bei der grossen Neigung zu Recidiven, welche mehr oder weniger allen Formen der Erkrankung der weiblichen Sexualsphäre eigen ist, und die durch den jedesmaligen Eintritt der Periode erhöht wird, kann nur in der Mehrzahl der Fälle erst dann von einer Heilung die Rede sein, wenn eine jahrelang ungestörte Gesundheit dem Arzte ein Recht zu einem solchen Ausspruche giebt. Wir wollen gestehen, dass wir trotz mancher erfreulichen Erfolge auch wiederholt die Beobachtung haben machen müssen, dass Kranke, welche sich monatelang des besten Wohlseins hier in der Anstalt erfreuten, bei ihrer Rückkehr in die häuslichen

Verhältnisse von Rückfällen heimgesucht wurden. Aber es liegt nun eben in der Entwickelung und dem Charakter dieser Zustände, dass selbst lang fortgesetzte ärztliche Behandlung das nicht wieder ausgleichen kann, was Jahre haben entstehen lassen. Es ist schon immer ein erfreulicher Erfolg, wenn jahrelange Leiden eine vorübergehende Veränderung zum Guten erfahren und die fortgesetzte Controle hat auch in den Fällen uns noch Heilung eintreten lassen sehen, bei denen immerwährende Recidive unsere Hoffnungen bereits sehr herabgestimmt hatten. Die günstigsten Erfolge, welche wir durch eine gynäkologische Behandlung eintreten sahen, zeigten sich theils bei den verschiedensten Formen der Katarrhe, bei Geschwürbildungen und namentlich bei denjenigen Formen uteriner Erkrankung, welche als Residuen eines Wochenbettes bezeichnet werden können. Von bemerkenswerthen Krankengeschichten theile ich folgende mit.

Frau R. a. B., 30 Jahre alt, hatte als junges Mädchen an Bleichsucht und Menstruationsbeschwerden gelitten, sich jedoch nach erfolgter Verheirathung und nach der Geburt mehrerer Kinder vollkommen wohl gefühlt. Erst nach dem Ende der letzten Schwangerschaft und wahrscheinlich in Folge einer Erkältung während des Wochenbetts hatten sich Verdauungsbeschwerden und Unregelmässigkeiten der Periode eingestellt. Patientin fühlte sich angegriffen, klagte über Kopfschmerz und verschiedene Neuralgieen, verlor das Interesse an ihrem Hauswesen und an der Erziehung ihrer Kinder, litt viel an Schlaflosigkeit, Beängstigungen und Verstimmung. Gleichzeitig eintretende Geschäftsverluste ihres Mannes, welche sie zur allergrössten Sparsamkeit und Einschränkung zwangen, die Lage ihres Mannes selbst, welcher sich diesen Verlust sehr zu Herzen nahm, wirkten als psychische Ursachen nachtheilig auf ihren Zustand und verschlimmerten denselben. Bei der Aufnahme war die bis dahin blühende und kräftige Frau in wenigen Monaten auffallend abgemagert und zeigte die Symptome somatischer und psychischer Schwäche. Die Zunge war stark belegt, der Puls klein und frequent, die Extremitäten kühl, der Kopf eingenommen und oft heiss, die Hautfarbe icterisch, Stuhlausleerungen sehr träge, Unterleib in der Gegend unterhalb des Nabels empfindlich, geringer fluor albus. Auscultation und Percussion ergeben nichts Abnormes; die Untersuchung mit dem Speculum weist einen Catarrhus uteri, zahlreiche Erosionen an der portio vaginalis und auf der Schleimhaut der vagina nach. Die Therapie stellte sich die Beseitigung der localen Erscheinungen in der Sexualsphäre durch Touchirungen mit Lapis nitricus, Anwendung von plumbum aceticum in Solution, Sitzbäder mit Beifügung von Soole zur nächsten Aufgabe. Allgemeine lauwarme Bäder mit Zusatz von oleum pini silvestr. aether., später ferrum lacticum mit extractum nucum vomicarum kräftigten Patientin sobald, dass sie nach zehnwöchentlichem Aufenthalte die Anstalt geheilt verlassen konnte. Sie erfreut sich inzwischen des besten Wohlbefindens.

Fräulein W. aus H., 24 Jahre alt, Tochter eines wohlhabenden Oekonomen, hatte in Folge einer Erkältung nach einem Tanzvergnügen an Menstruationsbeschwerden, globus hystericus, Kopfschmerz, allgemeiner nervöser Schwäche längere Zeit gelitten, dagegen Eisenpräparate angewendet, welche mit Rücksicht auf ihr leukophlegmatisches Aussehen ihr verordnet waren, aber in keiner Weise vortheilhaft gewirkt hatten. Zu den vorhandenen Erscheinungen gesellten sich etwa ein halbes Jahr vor ihrer Aufnahme hysterische krampfartige Ohnmachten, welche zur Zeit des Eintritts der schwachen Katamenien an Häufigkeit und Intensität wesentlich zunahmen, so dass sich die Zahl der Anfälle an einem Tage oft auf zehn bis zwölf belief. Zu anderen Zeiten waren die Krampfanfälle seltener, doch verging fast kein Tag, an dem nicht ein oder zwei Anfälle eingetreten wären. Die Kranke war durch die bereits seit längerer Zeit stattgefundene erfolglose Behandlung niedergedrückt und ihre Stimmung eine krankhafte, zum Weinen geneigte. Bei ihrer Ankunft stellte sich bei der ersten Consultation sogleich ein solcher Krampfanfall ein, der etwa zehn Minuten anhielt und den Eindruck eines mässigen epileptischen Anfalls machte. Bei den so dringend auf ein Leiden in der Sexualsphäre hinweisenden Symptomen wurde bald nach ihrer Aufnahme zu einer Untersuchung mit dem Speculum geschritten. Dieselbe ergab eine stark geröthete, erodirte Vaginalportion, die übrige Untersuchung ergab nichts Abnormes. Die Therapie bestand in Touchirungen mit lapis, Sitzbädern mit Zusatz von ferrum sulphuricum und einem tonisirenden Heilverfahren. Die hysterischen Krämpfe, welche bereits nach der ersten Touchirung der Vaginalportion nur noch in schwachen Andeutungen vorhanden waren, hörten völlig auf. Die Patientin verliess nach zweimonatlichem Aufenthalt geheilt die Anstalt, ist inzwischen von ihren Krämpfen verschont geblieben und erfreut sich in jeder Weise des besten Wohlseins.

Frau K. aus S. P., 22 Jahre alt, eine kleine lebhafte Französin, hatte in Folge einer schweren Niederkunft unter dem Einflusse der Schwangerschaft und des Wochenbetts die ersten Erscheinungen einer psychischnervösen Erkrankung dargeboten. Kurz nach erfolgter Entbindung hatte sich bei ihr ein leichtes Wochenbettfieber eingestellt, die Lochien hatten frühzeitig zu fliessen aufgehört, ein lästiges, brennendes Gefühl im Unterleib hatte bei gleichzeitiger Abnahme der Kräfte sie allmälig in einen Zustand nicht geringer psychischer Exaltation versetzt, in welcher sie beständig reizbar, launenhaft und von mannichfachen hysterischen Sonderbarkeiten beherrscht erschien. Bei ihrer deutlich ausgesprochenen Blutarmuth wurde längere Zeit ein tonisirendes Heilverfahren angewendet, ohne dass der gewünschte Zweck erreicht und namentlich in der psychischen Sphäre eine Besserung herbeigeführt worden wäre. Die Kranke blieb unfähig ihrem Hauswesen vorzustehen, fühlte sich überhaupt bei der geringsten Anforderung in hohem Grade schwach, sprach sehr viel und magerte sichtbar ab. Unter solchen Umständen erwarteten die behandelnden Aerzte nur von einer vollständig veränderten Lebensweise und einer Entfernung aus den ungünstigen klimatischen Verhältnissen S. P.'s eine vortheilhafte Wendung in ihrem Befinden. Die Patientin traf von den Anstrengungen der Reise in hohem Grade angegriffen zur Cur hier ein und zeigte bei ihrer Ankunft die erwähnten Symptome psychisch-nervöser Erkrankung in gesteigertem Maasse. Die somatische Untersuchung ergab ausser den Symptomen eines Uterusleidens keine besonders hervorragenden Krankheitserscheinungen. Mehr oder weniger sprach sich eine anämische Blutmischung aus; gastrische Symptome und eine allgemeine Störung der Ernährung traten hervor. Die Untersuchung mit dem Speculum ergab chronische Endometritis und einen wohl in Folge der allerdings schon längere Zeit abgelaufenen Entbindung noch unvollkommen involvirten Uterus. Aus der weit geöffneten portio vaginalis ergoss sich ein dünnes übelriechendes Secret, die Schleimhaut der Vaginalportion zeigte sich verdickt und an mehreren Stellen mit superficiellen Geschwüren und Granulationen bedeckt. Die nach beiden Seiten bis zu den Ovarien sich erstreckenden ziehenden Schmerzen liessen ein gleichartiges Ergriffensein des fundus uteri und seiner Annexa vermuthen. Auch in diesem Falle wurde durch wiederholtes Touchiren mit lapis, Scarificationen der portio vaginalis eine allmälige Besserung der Localerscheinungen erzielt. Die sich hier anschliessende Nachcur stellte sich zur Aufgabe, durch ein tonisirendes Heilverfahren den nachtheiligen Einfluss des Localleidens auf das Allgemeinbefinden auszugleichen und die Patientin allmälig ihrer Genesung entgegenzuführen. Sie verliess nach sechsmonatlicher Cur geheilt die Anstalt; aus der abgemagerten, bleichen, nervösen Patientin war eine blühend aussehende Frau geworden.

Fräulein v. W., 38 Jahre alt, seit ihrer Pubertätszeit von mannigfachen nervösen Beschwerden heimgesucht, gegen welche die verschiedenartigsten Curversuche (Pyrmont, Gastein, Norderney) erfolglos geblieben waren, hatte in Folge mehrerer und schnell hintereinander in ihrer Familie eintretender Todesfälle und einer lebensgefährlichen Erkrankung ihrer Mutter, welche wenige Woehen nach der Aufnahme der Kranken verstarb, eine wesentliche Steigerung ihrer nervösen Beschwerden erfahren. Zu einer grossen Reizbarkeit ihres Gemüthes, welche sich in einer übellaunigen, weinerlichen und ängstlichen Stimmung äusserte, hatten sich einige Monate vor ihrer Aufnahme Lähmungserscheinungen in den unteren Extremitäten gesellt, welche sich unter gleichzeitiger Abnahme der Ernährung und des Schlafes zu einer wirklichen Parese entwickelten. Zugleich hatten auch die psychischen Symptome sich verschlimmert; verschiedene Vorstellungen quälten und ängstigten die sehr leidend aussehende Patientin in hohem Grade und gaben dem Verdacht einer sich weiter entwickelnden Psychose Raum. Die sehr geschwächte Kranke musste bei ihrer Aufnahme, da die unteren Extremitäten völlig den Dienst versagten, auf ihr Zimmer getragen werden, und es vergingen Monate, bevor sie das Bett zu verlassen im Stande war. Beim Eintritt milder Witterung konnte sie in einem Rollwagen wenigstens auf einige Zeit die frische Luft geniessen, fühlte sich jedoch beständig in hohem Grade angegriffen. Der ganze Charakter der Krankheit, die hysterisch-reizbare Stimmung, die hochgradige Obstipation, das Fehlen der Katamenien, der starke fluor albus, ein intensiver Schmerz in der rechten Seite, entsprechend dem rechten Ovarium, liessen keinen Zweifel darüber aufkommen, dass eine intensive Erkrankung der Sexualsphäre vorlag. Die Untersuchung ergab Anteversio uteri mit gleichzeitiger bedeutender Hypertrophie, rechtsseitige Oophoritis mit Exsudat und bedeutende Orificialgeschwüre. Die nächste therapeutische Aufgabe bestand in einer Beseitigung oder wenigstens Verminderung der vorhandenen Localerscheinungen neben gleichzeitiger Kräftigung des Allgemeinbefindens, soweit sich ein solches unter derartigen Verhältnissen ermöglichen liess. Die zuerst vorgenommenen Touchirungen der Vaginalportion und der gleichzeitig ergriffenen Scheidenschleimhaut besserten die starke Secretion verhältnissmässig rasch.

Die Patientin nahm lauwarme Voll- und Sitzbäder mit Kreuznacher Soole und, um ihr wenigstens etwas Beruhigung und Schlaf zu verschaffen, kleine Gaben Morphium (0,0082 Mal p. die). Auf diese Weise gelang es sehr allmälig die krankhafte psychische Erregung zu beseitigen, unter gleichzeitiger Anwendung von Stomachicis den Appetit der Kranken zu bessern und überhaupt ihren Stoffwechsel zu beleben. Es wurde dann ein leichtes Eisenpräparat verordnet, welches in steigender Dosis (bis 0,4 täglich ferrum oxydulatum lacticum) recht gut vertragen wurde. Mit dem Eintritt der Katamenien, welcher nach etwa viermonatlichem Aufenthalte erfolgte, liessen die anfänglich recht erheblichen Schmerzen in der rechten Seite nach, die Lähmung der unteren Extremitäten besserte sich, so dass Patientin, wenn auch nicht aufstehen, so doch wenigstens einige Bewegungsversuche in liegender Stellung vornehmen konnte. Um der starken Uterinstase entgegen zu wirken, wurden wiederholte Scarificationen der Vaginalportion während eines längern Zeitraumes vorgenommen. Die Druck- und Zerrungssymptome des hypertrophischen Uterus verminderten sich, und die Patientin konnte vermittelst einer Krücke nach etwa sechsmonatlichem Aufenthalte die ersten Gehversuche in ihrem Zimmer vornehmen. Es wurde dann durch Einführung der Sonde mit dem Versuche der Reposition der vorhandenen Lageveränderung allmälig weitere Besserung in dem Gebrauche der unteren Extremitäten erzielt und endlich unter Anwendung des Inductionsapparates die Bewegungsfähigkeit der atrophischen Muskelgruppen so gesteigert, dass die Patientin längere Promenaden vornehmen und auch in Bezug auf Kräftigung ihres Allgemeinbefindens und in Betreff der psychischen Erscheinungen ihrer Heilung entgegengeführt werden konnte. Die Patientin verliess völlig geheilt und unbeschränkt in dem Gebrauche ihrer unteren Extremitäten die Anstalt und erfreut sich gegenwärtig einer fast ungetrübten Gesundheit.

Fräulein D. aus H., 36 Jahre alt, hatte in Folge einer heftigen Gemüthsbewegung im Alter von 21 Jahren zu kränkeln angefangen. Früher blühend und gesund, heiter und lebenslustig, hatte sie zuerst beim jedesmaligen Eintritt der Periode an heftigen Schmerzen im Unterleibe und der Sacralgegend zu leiden gehabt. Uebelkeit, Erbrechen, Auftreibung des Unterleibs hatten die Katamenien mehrere Jahre hindurch begleitet. Mit der Zeit hatte auch ihre Ernährung zu leiden angefangen, Appetitlosigkeit, häufiges Aufstossen, Stuhlverstopfung hatten unter gleichzeitiger Zunahme nervöser Schwäche ebenfalls mehrere Jahre hindurch bestanden. Eine reizbare, weinerliche Stimmung hatte sich ihrer oft vorübergehend bemächtigt, hysterische Symptome waren aufgetreten und das Leiden war trotz mannigfacher Curversuche schliesslich so gesteigert, dass sie nur selten im Stande war, sich zu beschäftigen, Bewegung zu machen und mit ihren Freundinnen zu verkehren. Zuweilen hatte es geschienen, als ob sich ihr Befinden besserte, dann aber waren aufs Neue Rückfälle der Krankheit eingetreten; sie musste wieder wochenlang Zimmer und Bett hüten, jede Anstrengung war ihr zuviel, jede Bewegung rief heftige Schmerzen und starke Auftreibung im Unterleibe hervor, und verschiedene Curversuche (Kreuznach, Pyrmont, Molken, Landaufenthalt) hatten vorübergehend Erleichterung, niemals aber dauernd Heilung bewirkt, sondern durch immer wieder auftretende Rückfälle ihre und ihrer Angehörigen Geduld lange Zeit auf die Probe gestellt. Der Hausarzt hatte ihr Leiden für ein hysterisches erklärt, welches keine Aussicht auf Heilung gewähre, die von ihm verordneten Tropfen, unter denen Valeriana und Asa foetida prävalirten, waren zuletzt von der Kranken nicht mehr genommen, bis ein einsichtsvollerer College das Leiden für ein Unterleibsleiden erklärte, gegen welches nur eine örtliche Behandlung vielleicht noch Nutzen bringen könne. Nach längerem Zögern war endlich zu einer localen Untersuchung und Behandlung geschritten, es wurden Blutegel wiederholt an die Vaginalportion gesetzt und eine vorübergehende Besserung des Allgemeinbefindens erzielt. Die späterhin erfolgte Anwendung der Sonde, welche von Zeit zu Zeit eingelegt wurde, um die vorhandene Anteflexion zu beseitigen, hatte ihr grosse Erleichterung und eine längere Monate dauernde Befreiung von ihrem nervösen Leiden verschafft. Bald zeigten sich abermals Rückfälle, wiederum trat starke Auftreibung des Leibes und grosse Empfindlichkeit in der Gegend des linken Ovariums auf, jede Bewegung war wiederum schmerzhaft, und ein höchst lästiges oft stundenlang anhaltendes Aufstossen vermehrte die Beschwerden der sehr heruntergekommenen und anämischen Patientin. In diesem Zustande traf die Kranke, welche schon vorher in den häuslichen Verhältnissen von mir behandelt wurde, auf meinen dringenden Wunsch zur Cur hier ein. Die locale Untersuchung ergiebt die Symptome einer Anteflexion, hypertrophische stark geröthete Vaginalportion, grosse Empfindlichkeit an einer umschriebenen Stelle in der Gegend des linken Ovariums, ohne dass sich ein locales Exsudat irgend wie hätte nachweisen lassen. Touchirungen mit Lapis, Einführung der Sonde, Einspritzungen, salinische und adstringirende Sitzbäder waren die ersten auch hier zur Anwendung gekommenen Mittel, ohne dass sich nach mehrmonatlichem Aufenthalte eine bemerkenswerthe Besserung in ihrem Befinden eingestellt hätte. Es wurde dann zu einer Discision der Vaginalportion geschritten, worauf nach reichlich erfolgtem Blutverluste eine erfreuliche Besserung ihres Zustandes eintrat, aber auch diese hatte keinen Bestand. Nach wenigen Monaten kehrte die Kranke wiederum nach hier zurück und klagte in gesteigertem Maasse über die oben bereits erwähnten Symptome. Der Schmerz in der Gegend des linken Ovariums war sogar noch heftiger geworden, der Uterus weiter hinabgesunken, gegen die eingeführte Sonde in hohem Grade empfindlich, im Uebrigen unverändert. Nach Eintritt der Katamenien vermehrte sich plötzlich der Schmerz in der Gegend des linken Ovariums in auffälliger Weise, es traten intensive fieberhafte Erscheinungen ein und die zunehmende Ausbreitung der Schmerzhaftigkeit des Unterleibes liess eine Peritonitis befürchten. Die Kranke war der Ansicht, es müsse sich in ihrem Leibe, der auch in der Gegend des linken Ovariums eine leichte Auftreibung zeigte, irgend etwas verstopft haben. Bei der Einführung der Sonde war meine Ueberraschung gross, als dieselbe bei ganz leichtem Druck gegen den Fundus sich plötzlich ohne jede Beschwerde vorwärtsschieben liess, ohne in der Gegend des Uterusgrundes auf einen Widerstand zu stossen. Es war keinem Zweifel unterworfen, ich war mit meiner Sonde durch die linksseitige Tube in den Abdominalraum gerathen. Sehr vorsichtig die Sonde zurückziehend, stellte sich alsbald ein mehrere Tage hindurch anhaltender, höchst übelriechender, blutig-eiteriger Ausfluss aus dem Uterus ein; es wurde horizontale Lage und kalte Umschläge auf den Unterleib, innerlich einige Tropfen Tinct. Opii crocat. gegeben. Am vierten Tage hörte der Ausfluss wiederum auf und damit stellten sich aufs Neue die heftigsten Schmerzen ein. Trotz anfänglichen Bedenkens entschloss ich mich, bei der dringenden Gefahr nochmals zur Einführung der Sonde, welche sich nach einigen Versuchen wiederum leicht bis auf 8 Centimeter einführen liess.

Nach erfolgter Untersuchung stellte sich wiederum jener Ausfluss ein und wurde die frühere Therapie ohne Modificationen fortgesetzt. Die Secretion dauerte fast vierzehn Tage, verschwand dann allmälig; es nahm die Empfindlichkeit nach und nach ab, die Kranke konnte nach einigen Wochen das Bett verlassen, fühlte sich frei von allen Schmerzen. Die seit Jahren empfindliche Stelle in der Ovarialgegend verschwand mehr und mehr, die Kräfte kehrten wieder und Patientin erfreut sich jetzt seit einem Jahre des besten Wohlbefindens.

Fräulein F. L. aus B., 30 Jahre alt, seit etwa 2 Jahren nervenleidend, hatte unter dem Einflusse schwieriger häuslicher Verhältnisse, der Besorgung einer sehr umfangreichen Wirthschaft und der Pflege ihrer kranken, sehr reizbaren Mutter zuerst an Verstimmung, nervöser Schwäche, Weinekrampf und gastrischen Symptomen gelitten. Allmälig hatte sich, namentlich im Laufe des letzten Jahres, ihr Befinden verschlechtert, zu der vorhandenen psychischen Reizbarkeit, welche sich oft bei sehr geringfügigen Veranlassungen Luft machte, gesellten sich hysterische Erscheinungen. Schlingkrämpfe stellten sich ein, Heisshunger, Brustkrampf u. s. w.; sie magerte ab, litt an Congestionen bei kühlen Extremitäten, blasser Färbung der Haut und anämischen Symptomen. Man erwartete von einer Luftveränderung und einem mehrmonatlichen Aufenthalte einen vortheilhaften Einfluss auf ihr Befinden. Die Kranke zeigte bei ihrer Aufnahme ausser chronischem Gastricismus, Anämie, leichten Menstruationsbeschwerden bei sehr spärlichen Katamenien nichts Abnormes. Der Gebrauch eines leichten Eisenpräparates und fortgesetzter kalter Regenbäder wirkte in mancher Beziehung vortheilhaft ein, ihr Aussehen besserte sich; sie nahm im Verlauf von etwa vier Monaten um 9 Pfund an Körpergewicht zu, ohne dass die vorhandenen nervösen und hysterischen Erscheinungen sich verloren hätten. Trotz der unverkennbaren Besserung in ihrem Allgemeinbefinden, des Aufhörens der gastrischen Symptome, blieb die psychische Reizbarkeit und Verstimmung bestehen, so dass schliesslich zu einer localen Behandlung bei dem Verdachte auf ein Uterinleiden geschritten werden musste. Die Vaginalportion war wenig geröthet, der Uterus leicht anteflectirt, die Ovarien zuweilen empfindlich, einige Touchirungen der portio vaginalis und die Einführung der Sonde, welche keinerlei Beschwerden verursachte, besserten die localen Symptome und auch das vorhandene Nervenleiden. Die Kranke kehrte vor Kurzem gebessert zu den Ihrigen zurück, soll jedoch nach dem Berichte ihrer Angehörigen in jüngster Zeit sich wieder schlechter befunden haben.

Fräulein S. aus B., 24 Jahre alt, war in Folge von Gemüthsbewegungen, welche durch ihre Verlobung und durch die längere Trennung von ihrem Bräutigam hervorgerufen sein soll, unter den Erscheinungen von Blutarmuth, schwacher Menstruation, hartnäckiger Verstopfung allmälig erkrankt. Es hatte sich ihrer eine melancholische Gemüthsstimmung bemächtigt, sie zweifelte an der Liebe ihres Bräutigams, fürchtete denselben nicht glücklich machen zu können, glaubte seiner nicht werth zu sein und wünschte aus diesem Grunde eine Auflösung des eingegangenen Verhältnisses. Unter zunehmender Abmagerung und Entkräftung verloren sich die Katamenien bald völlig, die Kranke klagte über ein Gefühl von Druck und Leere im Kopfe, namentlich auf der Scheitelhöhe, verlor das Interesse an ihrer Umgebung, fühlte sich unfähig auch das Geringste zu thun und versank mehr und mehr in einen Zustand von Apathie und Grübelsucht. Unter diesen Verhältnissen entschlossen sich die Aeltern ihre Tochter einer Anstalt zu übergeben; sie fand in der Nähe von B. Aufnahme und verblieb fünf Vierteljahr in derselben, ohne dass sich in ihrem psychischen Zustande eine Besserung eingestellt hätte. Bei ihrer Aufnahme in die hiesige Anstalt war die Kranke, von der man mit Mühe einige Worte über ihr Befinden erfahren konnte, in einem Zustande allgemeiner psychischer Schwäche. Trotz freundlichen Zuspruches von Seiten der übrigen Damen war es schwer, sie zur Theilnahme an gemeinsamen Spaziergängen, zur Beschäftigung im Hause zu bestimmen. Sie klagte über allgemeine Schwere, es sei ihr wie Blei in den Gliedern, jede Bewegung ermattete sie in hohem Grade. Die Katamenien, welche sich lange Zeit gar nicht, kurz vor ihrer Aufnahme aber sehr spärlich eingestellt, aber nur während eines Tages ein dünnes, wässeriges Blut entleert hatten, zeigten sich während der ersten drei Monate ihres hiesigen Aufenthalts nicht mehr. Es wurde zu einer Untersuchung mit dem Speculum geschritten, welche nur insofern etwas Abnormes ergab, als der Uterus, welcher weder in seiner Lage noch sonst Abnormitäten zeigte, auffallend bleich, man könnte fast sagen welk war. Die Einführung der Sonde war leicht und ohne jede Spur von Empfindlichkeit oder Schmerz beim Drucke gegen den Fundus zu bewerkstelligen. Trotz dieses exquisiten anämischen Verhaltens entschloss ich mich zu einigen leichten Scarificationen. in Folge deren einige Theelöffel voll Blut entleert wurden. Verordnet wurden kalte Sitzbäder (18° R.), Abreibungen und Pillen aus Extr. nuc. vomic. und ferrum lacticum in der Weise, dass *pro die* allmälig steigend bis zu 0,06 von erstern und bis 0,25 von letztern genommen wurde ohne dass irgend welche Erscheinungen der Strychninvergiftung beobachtet wurden. Die Scarificationen wurden öfter wiederholt, im Uebrigen die eingeschlagene Therapie consequent fortgesetzt, fleissige Bewegung im Freien trotz des anfänglichen Widerstrebens der Kranken ermöglicht. Im vierten Monate nach ihrer Aufnahme trat die Period zum ersten Male spontan und stärker ein. Von nun an besserte sich das Befinden der Kranken auffallend schnell: sie zeigte wieder mehr Interessae an ihrer Umgebung, nahm an der Unterhaltung, den gemeinsamen Excursionen und Mahlzeiten Theil, schrieb an ihre Eltern; nac einigem Zögern auch an ihren Bräutigam, dessen Briefe sie lange Zeit nicht beantwortet hatte. Sie gab zu, dass sie sich allmälig besser fühle, die Briefe wurden länger, sie interessirte sich für die Nachrichten, welche sie von verschiedenen Seiten erhielt. Nach achtmonatlichem Aufenthalte verliess die Kranke geheilt die Anstalt, verheirathete sich einige Zeit später und erfreut sich gegenwärtig der besten körperlichen und geistigen Gesundheit.

Wiederholt sind jedoch, namentlich bei älteren Damen, Fälle von hochgradiger hysterischer Verstimmung, von Krämpfen und dergleichen zur Beobachtung gekommen, in denen auch die sorgfältigste locale Untersuchung keine Symptome eines vorhandenen Leidens der Sexualsphäre entdecken liess. Es ist eine offene Frage, ob nicht auch in diesen Fällen irgend welche Erkrankungen in den Organen, namentlich in den zahlreichen Nervenplexus, welche den Uterus umgeben, vorhanden sind, welche sich durch eine locale Untersuchung nicht nachweisen lassen. Wir theilen die Ansicht derjenigen nicht, welche, weil dieselbe keine nachweisbaren Veränderungen in der Sexualsphäre ergiebt, darum die Möglichkeit des Ausganges von derselben überhaupt für unmöglich halten. Ueberreizungen derselben, Onanie, schnelle Wochenbetten u. s. w. vermögen, auch ohne dass sie nachweisbare Localerscheinungen zur Folge haben, durch directe Reizung des Nervensystems von den Sexualorganen aus den Symptomencomplex hysterischer Erkrankung zu erzeugen.

In allen diesen Fällen, in welchen für eine rationelle Therapie gar keine oder sehr geringe Anhaltspunkte gegeben sind, sind auch die Erfolge, wenn überhaupt, nur von sehr vorübergehendem Werthe gewesen. In verschiedenen Fällen von Perimetritis mit und ohne Oophoritis oft im Zusammenhange mit Hämorrhoidalbeschwerden haben temporäre Blutentziehungen Nutzen gebracht. Das Leiden neigt aber in so exquisiter Weise zu Recidiven, dass von einer Heilung im strengen Sinne des Wortes kaum die Rede sein kann. Bei drei gegenwärtig noch in Behandlung befindlichen Patientinnen soll die vorhandene Perimetritis nach einer früher überstandenen Peritonitis (Haematocele retrouterina?) zurückgeblieben sein. Die blutige Erweiterung des Muttermundes wurde wiederholt vorgenommen, ohne dass ein wesentlicher Einfluss auf die vorhandenen nervösen Erscheinungen erreicht wurde.

Von Morphiuminjectionen wurde in ziemlich ausgedehnter Weise Gebrauch gemacht, ohne dass die hysterischen Symptome dadurch stets wesentlich gebessert wurden. In einzelnen Fällen wurde sogar bis 0,06 allmälig steigend eingespritzt, es trat heftiges Erbrechen, jedoch ohne bemerkenswerthe Beruhigung der Patientinnen, ein. Dahingegen wirkten die Injectionen bei nervöser Schlaflosigkeit, Präcordialangst vorzugsweise gut. Jedenfalls hat die endermatische Anwendung vor dem innerlichen Gebrauche der Opiate den grossen Vorzug, dass sie nicht durch Verdauungsstörungen (Obstipation u. s. w.) belästigt.

Von den übrigen beruhigenden Mitteln hat das Kalium bromatum in grösseren Dosen uns in mehreren Fällen sehr gute Dienste geleistet. Bei Epilepsie wurde es in drei Fällen gegeben, wirkte in dem einen entschieden gut, nützte jedoch in den anderen gar Nichts. Bestimmte Grundsätze für seine Indicationen vermögen wir nicht zu geben. Arsenik, welches früher in der Gestalt von Kali arsenicosum solutum meist verordnet wurde, wurde in der letzten Zeit nach Solbrig's Empfehlung als Acidum arsenicosum mit Zucker verrieben in Pulvern von 0,008 ein bis zwei Mal *pro die* angewandt. Ebenso ist das Chlorgoldnatrium einige Male versucht. Die Zahl der Versuche ist eine zu kleine, um ein bestimmtes Urtheil über seine Wirksamkeit zu fällen.

Chinin wurde im Ganzen selten gegeben; bei intermittirenden hysterischen Anfällen, welche mit grösster Regelmässigkeit zu einer bestimmten Tageszeit eintraten, in Gaben von 0,33 versucht, vermehrte es die nervöse Unruhe, ohne einen Erfolg zu gewähren.

Digitalis wurde allein, meist aber in Verbindung mit Tinctura Opii eorocata, als ätherische Tinctur bei Präcordialangst nicht ohne Erfolg gegeben; sie gewährt jedoch, wie es scheint, nur einen vorübergehenden Nutzen als symptomatisches Mittel.

Ein sehr ausgedehnter Gebrauch wurde von den Präparaten der Semina Strychni als Extract und Tinctura spirituosa allein oder in Verbindung mit anderen Mitteln, namentlich Eisen, gemacht. Als kräftiger Bitterstoff und vermöge seiner tonisirenden Eigenschaften ist es durch kein anderes Mittel zu ersetzen; ohne allen Zweifel wirkt es belebend auf die Blutcirculation und den Stoffwechsel, wir sahen von demselben in dieser Beziehung gute Erfolge.

Ausser den in der Anstalt behandelten Kranken wurden alljährlich auch in Privatlogis, meistens in Gesellschaft der Angehörigen, Kranke zur Cur untergebracht. Durch einen im Frühjahr 1868 vollendeten Neubau wurden 14 neue Zimmer zur Aufnahme von Kranken gewonnen. Vom ersten Juli 1867 bis zum ersten April 1869 wurden im Ganzen 75 Kranke (29 Herren und 46 Damen) aufgenommen, es verblieben in Behandlung am ersten April dieses Jahres 19 Kranke. Seit Anfang September ist Herr Dr. med. Görtz, welcher bereits im Laufe des Sommers interimistisch kurze Zeit zur Aushülfe eintrat, definitiv als Hülfsarzt angestellt.